U0894676

在爱情的四季里，你依然可以做自己

台湾师范大学心理学博士
著名心理咨询师
许皓宜 著

CNS
湖南文艺出版社
HUNAN LITERATURE AND ART PUBLISHING HOUSE
博集天卷
CS-BOOKY

图书在版编目（CIP）数据

在爱情的四季里，你依然可以做自己 / 许皓宜著
. -- 长沙 : 湖南文艺出版社 , 2014.8
ISBN 978-7-5404-6802-6

Ⅰ . ①在… Ⅱ . ①许… Ⅲ . ①恋爱心理学－通俗读物
Ⅳ . ① C913.1-49

中国版本图书馆 CIP 数据核字 (2014) 第 145475 号

上架建议：两性情感 · 心理学

在爱情的四季里，你依然可以做自己

作　　者：许皓宜
出 版 人：刘清华
责任编辑：薛　健　刘诗哲
整体监制：陈　江　毛闽峰
策划编辑：钟慧峥
版权支持：文赛峰
营销编辑：张　璐
整体装帧：熊　琼
出版发行：湖南文艺出版社
（长沙市雨花区东二环一段 508 号 邮编：410014）
网　　址：www.hnwy.net
印　　刷：北京尚唐印刷包装有限公司
经　　销：新华书店
开　　本：880mm × 1270mm　1/32
字　　数：119 千字
印　　张：7.5
版　　次：2014 年 8 月第 1 版
印　　次：2014 年 8 月第 1 次印刷
书　　号：ISBN 978-7-5404-6802-6
定　　价：32.00 元
（若有质量问题，请致电质量监督电话：010-84409925）

伴侣其实是这样的，

当你能熬过两百次想和另一半分手的念头，

以及五十次想掐死对方的冲动时，

你才能真正走向幸福。

目录

Contents

作者序

春

Spring

透过相遇相知，才能看见最真的自己

夏

Summer

爱情里的磨合与冲突，都是相知相守出的考题

秋

Autumn

若即若离之间，放不放手都是最好的选择

冬

Winter

在爱情里每阵亡一次，你就重生一回

作者序

Preface

Preface

重新经营你的爱与人生

作者序

身为一个心理工作者，我有幸参与许多人的生命故事，体会他们人生中最爱、最痛、最深刻的经验，并感受人生百态。

身为一个女人，我有幸经历爱情中的高低起伏，在十年的爱与婚姻磨合当中，不断重省“爱”对生命的意义。

于是，我重新温习脑袋中那些来自过去尚未整理的思绪和记忆，那些来自身边来来往往的人们中，令我印象最深、也最动容的部分，并记录下这些对爱情具有独特意义的片段。同时，也邀请你一同整理那属于爱情的苦涩与美好，那存放于心灵深处许久的记忆。

如果要问，爱情是美好还是苦涩？我想，每个人的答案都不尽相同。因为情感就像四季的变换一样，即使在美丽的春天也有春雨，即使在寒冷的冬天也有温暖的太阳。不管你的爱情正处于哪个季节，相信你和我的感受一样，都认同爱情的历程总是交织着喜怒、冷暖。这本书的内容，便是捕捉情感中这些令人感受深刻的片段，从中认识、觉察、体会，何谓真正的自我。

春天象征爱情的开始，虽然充满温暖与美好，却仍面临“相爱”中不可避免的各种问题。爱情虽然唤醒我们最真、最单纯的感受，却也会发现自己那些敢爱和不敢爱的时刻。最终我们体会到，爱情的春天，原来是一个透过相遇，来帮助我们看见内在自我的季节。

夏天象征爱情的冲突，我们发现即使两人再怎么相爱，仍不免因为相处而发生各种关系中的“撞击”。在那些难解的爱情习题背后，原来受到许多连自己都尚未认识的感受所牵引。最终我们体会到，爱情的夏天，是一个透过差异，来帮助我们更加认识自己的季节。也许，在这些认识中，你会更清楚究竟该不该，以及如何和眼前这个人继续走下去。

秋天象征爱情的若即若离，虽然令人感到惆怅，却似乎是一段在关系中难以避免的历程，而这原来可能来自我们心里未曾过去的瓶颈——也许是依稀记得的童年往事，也许是年少时期曾经受过的伤害……最终我们体会到，爱情的无法捉摸，正是要促使我们去面对自己，并好好摆放那颗心。

冬天象征爱情的分离，虽然在相爱时，我们都难以想象爱的远去，但当它终究来临，却还是得学习处理那内心的复杂感受，留下好的回忆与学习，转换成前行的动力，消化不堪的伤痛与过去，发现其实这具有独特的生命意义。最终我们体会到，爱情的冬天，原来是透过此刻的分离，来疗愈过去的自己，然后开启新的人生与爱情，甚至是更长远的关系。

也许在每个人的心里，都存放着一个令人印象深刻的故事；也许每个人的性格，都来自一个记忆鲜明的背景。期待透过这些爱情四季变换的故事，我们都有机会重新一层一层地去了解自己性格背后的那颗心。

或许，会产生一些共鸣，接着回头思考：原来，我也是这样在爱里生活着。然后，不管现在的你，是处于爱情的春、夏、秋、冬，还是正体验爱情的难舍、爱情的炙热、爱情的惆怅、爱情的失落……我都希望，透过这本书，能让你更踏实地走下去。

因为，这是在我们每个人身上，都可能会发生的事。

这本书之所以能够问世，最大的推手是用心的编辑群。没有团队的讨论与回馈，这么棒的点子不会诞生，这本书也不会被赋予如此深刻的灵魂。这第一次的合作，我真的收获甚多。

另外，要感谢在我求学背景中，几乎已被淡忘的中文系训练。我犹记得成大凤凰花开时，和大学同窗在系馆成功湖畔的合影，那年的文学奖、那年的剧展，是我们共同的回忆。也因为过去那些文字和语言的训练，我开始在心理工作中找一个不同的自己。

最后，要谢谢最近出现在我周围的几位前辈。虽然他们的年纪都比我大，但我还是好想称呼他们为天使，因为他们总能告诉我最真的话，让我更清楚前行的方向。

谢谢我的家人，让我有回忆、有故事。

谢谢所有让我参与你生命中深刻记忆的人，你们的回忆与故事将更深刻地触动我们，在这爱情四季的变换中，找回最真实的自己。

春

Spring

春——Spring

透过相遇相知，才能看见最真的自己

还记得生命中第一次对一个人感到心动的感觉吗?

爱情的开始，一如春天的温暖与美好，每次的心动都会卷起内在最真实的感受：有时我们勇于抓住眼前的心动，不顾一切地爱，有如飞蛾扑火；有时我们又退回内心的安全堡垒，感叹爱情为何难以捉摸。

直到经历岁月的冲刷后，才发现，原来爱情的萌芽真如春天，即使温暖仍免不了春雨连绵的寒冷，但每次爱情的新生，都是要唤醒那颗逐渐成长的心。记得不论相爱会令人勇敢或退缩，总要学习在爱情中看见真正的自己。

01. 双人床上的六个影子

两个人相遇的时候，事实上存在着六个人。

对这两个人来说，各自背后都有一个自己眼中的自己、一个别人眼中的自己，还有一个真正的自己。

——威廉 · 詹姆斯（William James）

是什么样的相遇，会让一个原本不想结婚的人改变他的信念?

我的好朋友突然说要结婚了。新婚前一晚的单身派对上，一群姐妹淘围着她，要她描述和新郎相恋的故事。

“怎么突然就想要嫁人了，我以为你一辈子都不会想结婚了。”

大家说得对，我们这个好朋友是专吃“快餐恋情”的，每次的恋情，总像是燃烧一瞬间的烟火，要持续不容易，更何况要进入婚姻。

“因为我终于找到一个不再用‘背面’对着我的男人。”她腼腆地说着，像是想起自己曾经说过的不婚誓言，却又一边露出浅浅的微笑。

一群女人原本叽叽喳喳的，听到这句话的瞬间都安静下来。

“好幸福哟你……”片刻后又爆出大声的嬉笑。

大家嘴上不说，心里都替好友高兴。

因为我们都知道，这个“背面”的背后，有一个故事。

我从小学就认识这个朋友。她生长在一个大家庭里，祖父母、叔叔、伯伯、姑姑，还有一大群兄弟姐妹，住在一个三合院里，每天在一起玩耍。

上小学的前两年，祖父过世，大家庭跟着分道扬镳，她和爸爸、妈妈三人搬到市区的公寓里。

父母亲都是忙碌的上班族，她从小就看着母亲接自己放学回家后，马不停蹄地到厨房忙碌的背影。

许多学校发生的新鲜事，她总是兴冲冲地想和母亲分享，可是在她的记忆中，印象最深的却只是母亲的背影。母亲到底对她的话语有什么样的回应，随着成长早已记不清了。

离都市愈近，她的心里就愈怀念那个挤得水泄不通，大家总是面对面、热闹的三合院。

也许是急着要找到对她的话语有所回应的人，她很早就开始谈恋爱，而且每次的恋爱都轰轰烈烈、刻骨铭心。

我时常在夜半时分接到她和男友吵架后打来的哭诉电话。

几次下来，我开始发现，她爱过的几个人，都是那种有着忙碌却充满魅力背影的男人，但交往一阵子后，这样的背影却让她有一种说不出来的生气。

本来最喜欢看着的背影，总有那么一天，会让她冲动地过去扭转男人的肩膀，大叫："你到底有没有在听我说话啊？"

这种时候总让她备感挫折，而我总会在这时接到她的电话。

她说，这种挫折感来自于在自己眼里看到这冲动背后的无可控制，在男人眼里看到不可置信背后的不可理喻，但在那片刻间，又感受到内在源源不绝的无助与无可奈何。

每当听到她说这些话，我都会想到心理学中的“无意识理论”。

简单来说，“无意识”的运作状态是这样的：在某些时候，你在工作上得面对一群很重要的客户，一想到要在他们面前说话，就不自觉地头晕，好像世界变得天旋地转、要把自己吞没一样。于是，你可能没来由地就觉得不舒服，觉得自己没办法处理这件大事，觉得自己需要请假休息。

但是，如果打开你的心门，悄悄地把时光往前回溯，你可能会发现这种感觉似曾相识。

也许是小学的时候，必须在全校师生面前演讲，虽然事先已经努力地背过台词，上台时却因为太过紧张而忘词了，顿时脑袋一片空白。

从此以后，这种天旋地转的感觉就在面对人群时不断地跟着你，即使当时的记忆已经逐渐模糊。

这就是无意识中的自己，而这种无法控制的反应，正是不知不觉连接到过去的无意识反应。

由此可见，即使记忆已经模糊，“无意识”仍会自动地提醒我们，当下该如何去感受与反应。所以，我们看似自由做主，事实上却远比自

春

Spring

008

己所以为的更加受到过去经验的限制。

就像我这个朋友一样，在那些背影的挫折中，她启动了孩提时代不被聆听的失望与脆弱，在爱情当下表现的，却是成年的任性与嚣张。

在这个时候，大部分男人的响应都是以不耐烦的口气反问："你干吗啊？""你发什么疯啊？"

每一个问号，都加重她内心的挫折；每一个问号，都代表没有人能懂她内心的失望与脆弱。

"但是这个男人不一样。"话题回到准新郎身上。好朋友说，让她认定"就是这个人"的原因，是每当她没来由地问"你到底有没有在听我说话啊"的时候，这个男人只是微笑地转过身，用稳定的口气回应："有，我在听，你刚说到……"

就是这种和一般人不同、和过去经验不同的对待，像静电一样，穿越内心、超越过去，抚平她在成年躯体下的幼小灵魂。

疗愈发生的当下，心动也开始萌芽。

因为了解这个道理，我一直不同意"要在对的时间遇到对的人"这句话。我更喜欢"无意识理论"带给我们的启发：如果不是因为过去的"错"，那么爱情中萍水相逢的心动，也许就不存在了。

爱情的发生，正是因为“在这个时候遇到这个人”，我们透过这个人看到自己眼中的自己，认识别人眼中的自己，并试着寻觅那个真正的自己。

02. 爱就像季节慢慢变化着，这样也无妨

所有生命所需的改变，都会令人感到害怕，不论是突然的改变、渐进式的改变、正向的改变、负向的改变……但其实它们并不可怕。

红透半边天的电影《那些年，我们一起追过的女孩》，几乎成了老少咸宜的国民电影。许多年轻的孩子看了这部电影拼命讨论，因为那正反映了他们对爱情的冲动与憧憬；许多年长的男女则放在心里回味，因为那似乎是我们都曾有过的回忆。

但我认为，这部电影有一个潜意识的投射效应。原本功课不好、调皮捣蛋的男主角，为了爱情变成一个考上名校的高才生；而原本面无表情、做事严肃的模范生女主角，却因为爱情而变成一个愿意犯错、开怀大笑

的可爱女生。

心理学上认为，每个人的内心都有“两极”（两种极端相异的特质）。拿个常见的例子来说：有时我们觉得自己是自卑的，有时又觉得是自傲的。也许这部电影挑起的，正是爱情所蕴藏的那种动力——能激发人的内在潜能，从原本的样子，成为另一个完全不同的样子。

我有一位女性朋友，处事圆融、行事得体，是师长眼里的乖宝宝。不只朋友们佩服她，连我们的妈妈都公认她是“一定会带人向上的必交朋友”。

十多年前，她在网络上认识并爱上一个完全不同于她的男人——也就是她现在的先生。男人在人前显得狂妄自大，老是挑着眉看人，却深深地吸引了她。

我朋友的穿着原本都是简单、干净、舒服的风格，一如她一向给人的感觉。但她先生说，这样的她是被灰尘蒙住的钻石，鼓励她尝试与突破。于是，她穿上能露出雪白肌肤的服装，戴上能衬托细长脖子的饰品，从一个大家眼中的清纯邻家女孩，逐渐展现出她艳丽的一面，变得时尚、有品味。

朋友们都不得不承认，当她和她那狂妄自大的先生站在一起时，两人的确显得出色而登对，但是她的父母却不这么想。当她第一次染发的时候，简直快要把她妈妈给气疯了。

因此，这段恋情完全不被人看好。大家都觉得，即使外表登对，也根本是两个“个性不合”的人！

“不要因为爱情，就忘记你自己是谁。”她那极力反对的父母如是说。

可我的朋友，却连她自己到底是什么样的人都还没搞清楚。

在心理学中，“寻找我是谁”的这个任务，是生命中必经的阶段。有心理学家认为，这段寻找从我们大约十八岁的时候，就开始成为生命中最重要的任务。

有些人可能很快就摸索到答案，有些人则可能一辈子都在寻找。而这个过程，往往是透过自我的“觉察”得来的：透过省察自己的行为、自己的情感、自己的心，我们逐渐和内在真实的自我靠近。

而我认为，“爱情”正是一个开启自我探索的最好机会，因为爱情总是那么强烈地冲击情绪，常常免不了要同时面临片刻相聚的美好与分离的忧伤，这种时而美丽、时而缺憾的起伏，往往激发出人们内在最真实的一面，也帮助人们体会，内在那个原本自己不认识的特质。

就像我这位朋友，她妈妈说艳丽的她其实不是她，男人却说那艳丽的她才是最真的她；她妈妈又说，她是谈恋爱所以被带坏了，男人却说她是谈恋爱所以成熟了……有好长的一段时间，她几乎无法分辨什么是对的以及怎样才是最真实的自己。

于是，有一天，朋友告诉男人要跟他分手，因为她实在不知道，和他在一起的她，究竟是不是真正的自己。或者，如果她已经改变，而这段感情最后却没有结果，她害怕到时得回去面对母亲的质疑，甚至还要放弃这个改变后连她也挺喜欢的自己。

那天，是男人第一次在我朋友面前落泪。男人提到过去的自己，并不像现在这样，不是一个挑着眉的高傲男人。在他七岁那年，他的父亲从外面带回一个和别的女人所生、小他一岁的私生子，说是要回家认祖归宗。那之后，他就看着父母亲争吵不断，而他则变成这样，总是挑着眉、斜着眼看那个小他一岁的弟弟。

高傲的背后，其实是一种要维护自己和母亲地位的悲哀！

所以，当他这样的男人遇上了我朋友这样简单、乖巧的女子，其实很希望能够把自己高傲的视线，平放到我朋友的身上，告诉她：“我有多么想要呵护你。”可是那过去的痛，却让他害怕且抗拒这种逐渐的改变，只好想办法去说服我朋友改变。

在相互诉说之后，男人的心因我朋友的温柔而逐渐软化。他们共同意识到，也许在爱情中，重要的并不是能否靠“有形的改变”来让彼此靠近，而是能否尝试看到真正的对方，鼓励对方向真正的自己迈进。

这种改变在生命中并不常发生，所以令人害怕。然而，这种改变其实一点也不可怕。

有了两颗相互了解的心，我朋友带着男人，也带着诚意，一同去面对父母。

两代人间先有一场争执，却也开启了一场沟通、一场协调、一场约定，包括可不可以染发，可以染到什么程度，可以穿什么，不可以穿什么……一直到今日，十多年过去了，他们仍然在婚姻中讨论这类议题，只是，没有人再害怕改变了！

大家都说他们是模范夫妻，这相爱十多年的过程中，却是他们克服无数对“改变”的害怕而来的。

既然爱了，就不要害怕改变。也许根本没有谁，能在爱情中始终不变，因为爱情本来就是上天送给我们得以觉察、蜕变的美好礼物。外表的改变、想法的改变、心的改变……都不只是为了要让关系更加靠近，还是为了让我们与内心真正的自己相遇。

03. 选择多了，却不会带来更多的幸福

当我们的选择变多时，机会成本就会变高，期望值也会提升。更重要的是，当你在某个选择中遇到不如意的时候，还会产生“早知道当初就……”的自责心理。

前些日子有一部很吸引我的电影，英文片名叫作“*This Means War*”，中文翻译成《特工争风》。女主角是个金发的漂亮女孩，因为在感情上曾经受过伤，迟迟未再踏入新的恋情。直到分别与两位彼此为好友的男主角相遇，却在这两段同样令她倾心的关系中迷失。两个男人也为了金发女孩大打出手，差点丢弃了曾经一起出生入死建立起的友谊。

这部电影的观众比我想象得还多，许多都是情侣或夫妻。我悄悄在

散场时观察每个女孩的表情。

我身旁的一对小情侣，在电影院的灯光打亮前，忍不住亲吻了彼此的嘴唇，可能是因为电影引发的浪漫情怀吧。

有些女孩呆坐着，听着电影的片尾曲不肯离去，眼神显得迷茫，倒是身旁的男士推着她的肩膀："怎么不走啊？"

有些女孩起身后，就挽着旁边伴侣的手。我还听到身后的女孩小声地冒出一句："我一定会跑向你这边的。"（在电影的最后有场大爆炸，两个男主角分别在左右两边，对着站在中间快要被巨大物品砸到的女主角喊"过来""过来"。）

看起来比较年长的夫妻们，大多冷静地离座。但从我身旁走过的一位太太，脸上挂着绯红的笑容，让我觉得这电影是不是勾起了她对什么往事的回忆。如果是的话，不知在她回忆中的是旁边的这位男士，还是……

我从观察中发现，原来大家对这种被爱的"左右为难"，虽说知道会挣扎，却还是向往的。

也许是这种感觉让女人有满满的自我肯定感："原来我还有被这样爱着的价值啊！"或者也可以说是有满满的安全感："我不会没有人要的。"

却不一定能提升她们的幸福感——我是指长远来看的话。

我认识这么一个女孩，她会在寒冷的午夜瑟缩在骑楼底下，贴心地替加班的男友送夜宵；会大老远地从台北坐车到台东，替忙碌的男友送母亲节礼物给他的母亲。但她总是这么静静地、默默地跟在这个男人的身后，为他处理他没空做的事，替他想他没想到的事。

所以，当男友向她提分手的时候，她愤怒地在男友面前剪下了自己的头发。男友说她疯了，她却从此改变。

她让设计师给她剪了个新发型，剪去她因为分手的激动而留在发尾的不整齐。设计师还建议她把刘海留长，露出清秀白皙的额头和发际。

她在悲伤中决定让自己过得更好，开始学习穿衣、打扮、读书、画画……约莫几个月的光景，她成了炙手可热的单身女郎，许多过去不曾正眼瞧她的男人都跑来追求她了。

女孩告诉我，在众多追求者中，有三个让她心动的男人，两个在身边、一个在外地。因为前一个男友在她默默付出后却主动提分手，她决定这次要睁大眼睛挑一个好男人。

所以，她不再以“寻找永恒”的态度和这些男人交往，也拒绝认真规划感情的未来。她开始享受和他们分别在月下谈心、在天台上浅浅一吻、在海边十指相扣的激情。

“以前只有一倍的幸福，现在有三倍的幸福。”头两个月，她这么说。

“老天对你真好。”她周围的朋友羡慕地说。

只是，这三个男人虽然知道彼此的存在，却都以为自己是女孩心目中的最爱。当人自以为重要的时候，欲求便会越来越多、占有欲也越来越强，原本不在意的事情，也慢慢在心里产生质变了。

不只男人们，女孩也是。她无法在他们当中下定决心，却也无法忍受其他女人对他们献殷勤。当她发现自己心里的要求越来越多时，却也发现，自己的心根本负荷不了这么复杂的关系。

美国的社会心理学家巴里·施瓦茨（Barry Schwartz）在一场著名的演说中提到他对这种现象的研究。

这场演说开头便提到："选择多了，却不会带来更多的幸福！"他话里的含义是这样的，就拿我们刚刚提到的女孩来举例，如果今天这三位男士不在同一个时间出现，女孩会怎么办?

也许，我指的是也许，在她与男友分手、努力充实自己的人生之后，遇到这样一个（就只有一个）让她倾心的人，这个人会贴心地安慰她受创的情绪。也许，他们在这过程中又有更深的相互了解，他们会把彼此视为一见如故、该好好珍惜的伴侣。

那么，也许第二个、第三个男人就不会出现了。

女孩不用为了过多的选择而犹豫，也不用为了出现过多的选择而去相互比较，更不用花时间去想：如果我挑了这个，没挑那个，我未来会不会后悔？

这就是巴里 · 施瓦茨所说的，当我们的选择变多时，机会成本就会变高（你需要花更多时间去了解每一个选择），期望值也会提升（你对每个选择的要求会更高一些）。更重要的是，当你在某个选择中遇到不如意的时候，还会产生“早知道当初就……”的自责心理。

选择虽然让我们的广度变大、视野变宽，心理的自由度却没有因此变大。所以，不要因为追求更多选择而让自己变得不自由，也许在无从选择的当下，你会突然发现自己的幸福。

04. 别让“有缘无分”成为你害怕失去的借口

随着年纪的增长，过去在情感中受过的那些伤害，让女人失去了年幼时的勇气与梦幻，让女人不敢爱。

有一家公司，在每一个员工报到的时候，都要求他们做一张“自我介绍卡”，大喇喇地贴在座位的前方。路过的每一个人都可以很清楚地知道，这个新人的名字、生日、血型、星座、兴趣等等，以及卡片上最醒目的、用红色印泥盖上的“已婚”印戳，当然，这印戳只适用于已婚的员工。

这家公司表示，这是帮已婚的员工所做的保护伞，以防止不必要的爱情纠纷干扰他们的工作。

于是，这个有趣的印戳，拉开了已婚员工和其他异性之间的距离——这个用意非常明显，公司是在保护员工，但也在保护公司本身。公司可以用这种“有形的工具”来为员工撑起保护伞，可是人们也常常用“无形的距离”来为自己撑起保护伞。

我的一位女性好友就是这样，她年近四十，顶高的学历，未婚，也没有情人。

朋友工作的地方没有这样的红色保护章，可是我总觉得她脸上也盖着这样的一个章。她面对异性时总是木然的表情，似乎盖着：“男人请勿靠近！”

每当我这么跟她说的时候，她总是会抗议。她说，不是不想谈恋爱，应该说是非常想谈恋爱，但总是遇不到可以谈恋爱的人啊！

在我这个年纪，所有单身的朋友几乎都说过这句话。

站在朋友的立场，我觉得她们的条件都很优秀，于是我总会故意说：“是你太挑了啦！”

她们总是大声地否认，然后我会接着问：“那你都没有遇到喜欢的人吗？”

她们大多都告诉我，在哪里遇到的那个男人还不错，在哪里遇到的那个男人也还不错。

“那你干吗不主动一点？”

“我有主动啊！”

“我有去跟他讲话啊！”

“我觉得我暗示得已经很明显了！”这时她们就会开始抗议。

只有刚刚所提的那位将近四十岁、脸上盖着保护章的好朋友，她回我说：“那太快了吧！我不敢。”

我这位朋友，在多年前有一个论及婚嫁的男朋友。两个人交往将近十年，都套上订婚钻戒了，她却发现男友在婚礼前，和她最好的朋友发生了关系。当她亲眼目睹这一幕时，男友慌乱地对她说：“我是一时鬼迷心窍。”最好的朋友则在一旁说：“是我的错，我自己爱上他的。”

她最好的朋友不断诉说自己已暗恋她男友许久，即使明知他们两人即将步入礼堂，她仍心甘情愿献身，只希望让自己的人生不要有所遗憾。而她最亲密的男友虽然仍然向往婚姻，我朋友却看得出来，他已被好友多年的深情暗恋所打动。两人都说不想伤害我的朋友，她心里却只感到被两人背叛的难过。

我的工作经验告诉我，每一段失去，在前几个月总是最痛的。

有些人走不过这段痛苦期，选择自我伤害。但大部分的人，在这段短暂的痛苦后，因为情绪的自我调节力，反而将所有的痛苦与悲伤一下子收拾起来，像没事一样地继续生活。

直到时间渐渐长了，情绪又随着生活、随着思考逐渐倾泻出来，然后再调节、缓和，直到逐渐趋于平稳。

我这个朋友当时的痛苦期非常短，她通过上教会、练瑜伽、工作……让自己很快地从失恋的痛苦中走出来。之后，我几次陪着她去认识新朋友，也看得出来她和几个男性朋友间真的有擦出一些火花。只是，这个年纪的男人通常都把重心放在工作上，没办法像电影《那些年，我们一起追过的女孩》里那些鬼灵精怪的男学生，用那么多的花招来表现自己赤裸裸的爱。

所以，这些“抽空”的短暂相处与谈话，显得格外平淡、安全、缓慢……最后总是无疾而终。明明男有情、女有意，男人却总是娶了别人。而我朋友只会淡淡地说一句：“这就是有缘无分。”

许多朋友都把这解读为“女人的骄傲”“女性的矜持”，而我看到的却是随着年纪的增长，过去在情感中那些受过的伤害，让女人失去了年幼时的勇气与梦幻，让女人不敢爱。

令人觉得惋惜的是，那因被背叛而失去的勇气、那没人有机会了解的伤，以及那因为太多顾虑而造成的距离……都让年少时期单纯的爱恋与美好难以再现。

只是，“情窦初开”的自然与轻松，才是不同年龄层的爱情都共通且相连的亲密本质。

照照镜子，看看自己脸上是否盖着隐形的保护章，让人失去在爱情里允许亲密的勇气。如果这种与人的距离不是你真正想要的，那不妨试着找回那“情窦初开”的勇气源头，别让唾手可得的幸福变得遥不可及！

05. 幸福，要从爱自己做起

我们有时明明那么想要做一件事情，却又不自觉地拖自己后腿。就像有些时候，明明想要被爱，行动上却总是告诉别人："你不用爱我，让我来爱你就好。"

有一天，一位新面孔在 Facebook（知名社交网站）上加我为好友。我点进这个名字的链接，随意地打开照片区，原来是我最近才见过的一位新朋友。照片上的她笑脸盈盈，身材苗条玲珑，如同我不久前才见过的样子。

点着点着，照片的时间点往回溯，突然出现一个体型约莫是现在的她两倍大小的女性，旁边的说明写着："不要怀疑，这是以前的我。"

几天后，我见到这位新朋友，问起这档事，想向她讨教秘诀。她点开那张过去的照片，先问我：“你觉得哪张比较好看？”

我还来不及反应，她又自顾自地笑了起来：“当然是现在比较好看。”

从她满意的笑容中，我看到自信的光辉。她说，这要拜一个男人所赐。

一直以来，她的恋爱过程都不是很顺利。并不是遇不到喜欢的人，应该说，很容易遇到喜欢的人，可是偏偏这些人很难也刚好喜欢她，她只好在失败中寻找下一个令她心动的身影。

她很聪明，学东西也快，喜欢念书、写字、画画，说话有深度，对人也体贴有礼，尤其对她喜欢的人。她总是善解人意，也会主动地去关怀身旁的人，可是到头来，喜欢的对象都把她当成朋友。

“还有些男人干脆说我是死党。”她说。

成为喜欢的人的朋友，女人的接受度似乎比男人来得高。甚至我看过许多女人，因为太喜欢一个人，甘愿在他身边默默地关怀、崇拜，宁可帮他追求喜欢的女生，也没办法死心放下。

这个新朋友就是这样的女人，喜欢一个人、等待一个人，等到这个人喜欢上别人，再跟他一起等待别人。等到他追上了别人，她就连那最珍贵的“朋友位置”都失去了。

两年前，她恋上一个大她几岁的男人，这次她甚至都到男人家里去帮他缝扣子了，却还是一样被定位在“好朋友”的位置。

有一天，这个男人心情不好，她陪他喝了几杯酒。在微醺中，两个人终于越来越靠近……在关键的时候，男人突然睁开了原本闭着的眼睛，用酒醉的眼神看着她说:“你真的什么都好。”她正因被称赞而感到飘飘然，男人也伸出手，撩起她耳边的一丝细发，接着他却说：“如果能换个头、换个身子，就是最完美的女人了。”然后，他趴在她的肩上睡着了。

换个头？换个身子？那不是等于叫她重新投胎吗？她生气地把男人推开，冲到镜子前面，看着自己粗犷圆润的脸，捏着松垮失去弹性的腰……眼泪止不住地一串一串滴落下来。

在那些眼泪中，有被“好朋友”这么对待的委屈。

在那些眼泪中，她发现，其实她也讨厌这样的自己……

以往，她的爸爸、妈妈、年迈的奶奶、周围和她特别亲近的人，常常提醒她要多运动、少吃糖，可是她总觉得自己是连喝水都会胖的体质。减肥虽然是她一辈子的梦想，但每当瘦到一个瓶颈，她就会感到非常受挫折，而这又让她开始大吃大喝起来。

“你这样会嫁不出去哟！”她最讨厌母亲提起这句话。受过教育的她，一向不屑那些只重外表的肤浅男人，她立定志向要找一个即使她这么胖，也会一辈子爱她的男人。

直到这一刻，她才知道，也许不是找不到这种男人的问题，而是她根本就从来没有接受过胖的自己。她以为写字、念书、画画可以塑造内涵，就是不要为了男人减肥，其实她根本已经许久不敢照镜子了，看到想买的漂亮衣服却怕被嘲笑而不敢试，所以她才要在爱情中掏心掏肺地付出，像只哈巴狗一样……她再也忍不住了，终于坐在地上放声大哭。

心理学家说，人有“生存”和“死亡”两种本能，我们所有的行为都受这两大动机所影响，所以我们在让自己活得更好的同时，又忍不住要出手破坏甚至毁灭自己的生命。

我们在成长的过程当中，就是在学习调和这两种动力的矛盾与挣扎，慢慢发展出坚强而有自信的“我”。

当太多的矛盾与挣扎没有被安抚的时候，往往会进入到无意识的状态，时时等待着被外在事件所启动。所以，我们有时明明那么想要做一件事情，却又不自觉地拖自己后腿。

就像这个女孩,明明想要被爱,行动上却总是告诉别人:“你不用爱我,让我来爱你就好。”

还好有这次放声大哭的机会,让她把这些年来受到的委屈一次性发泄出来。她决定要改变,不为别人,为自己。

“那之后,我开始减肥,医院、营养师、减肥咨询师,可以问的我都去问了。也开始买喜欢的漂亮衣服,即使穿不下,也要忠于自己。”

一年过去、两年过去,她减下了二十七公斤。她用自己的毅力证明,不用重新投胎,也可以做一个全新的自己——一个自己喜欢的自己。

一个真正喜欢自己的人,才有能力去接受别人对自己的喜欢。这种爱情中的相互付出与回馈,是关系平衡的开始,也是长远关系的起点。

原来,幸福是从爱自己做起。

06. 与人分享，也是爱情的一部分

年纪渐大，我们从“不太分享”变得“不会分享”。

接下来呢？没什么好分享。

这是多么可惜的一件事，因为这将让自己失去修复伤痛的机会，失去重拾信任关系的契机。

许多年前，在一个台风天的下午，我接到学校警卫室的来电。电话的另一头是口气急促的警卫，他告诉我有家长冲到学校来，要把住宿的小孩带回去。家长的情绪非常激动，看到自家小孩就打，他们拦也拦不住，担心会出事，请我赶紧过去帮忙处理。

我到学校之后，学生和家长已经被请到会客室。一个二十岁左右的女学生缩在一旁，母亲站在窗边，手上拿着约莫五厘米厚的板子，恶狠狠地瞪着她女儿。警卫和值班老师则是一人一边，卡在这对母女中间，脸上的表情非常担忧。

原来，这个女孩和她的男朋友发生了关系，写在日记里，被母亲看见了，气得要把她的腿打断，赶出家门去。

“真是大惊小怪。”事后，我听到一位留过洋的老师在办公室偷偷地说，“都什么年代了。”

旁边一位教传统文学的老师则不以为然地响应：“身为女孩子，又是学生，凡事就要懂得自律。”

这件事后，这个女孩时常来找我聊天。她告诉我，明明知道父母亲会反对，她还是喜欢上这男孩。喜欢这个男孩，让她单纯的世界变得不一样。每天早上一睁开眼睛，想到这世界上有这样的一个男孩，她就忍不住在被窝里露出微笑；只要看着这个男孩，她的心里就莫名地感到满足。特别是，当这个男孩第一次牵起她的手，她无法形容当时的悸动，只觉得整颗心都要跳出来似的，好想就这样一直牵着手走下去。

“那是心与心交换的感觉，我知道他的心，他也知道我的。”女孩说。

这种感觉，我想很多人都懂。在情感关系中，我们都曾有那么一刻，与一个人这么亲密地贴近。像在母亲的子宫里，被紧紧地包覆着；像整颗心、整个人被稳稳地托着——是信赖而安全的感觉。

“光是牵着手似乎已经不够，我想要再更靠近，想要紧紧地抱着他。”所以，当男孩将她推倒的那一刻，理智上她知道这不被父母所容许，想用手推开，心却和男孩紧紧地交融在一起。

但经过这次的事件，男友挡不住父母的压力，和她分手了。在她心里，则是证实了母亲所说的：“你只要把自己的身体给人家，就变得不值钱，贱！”

十年过去了，这个女学生成为一个轻熟女，并且定期会捎信给我，告诉我她目前的状况。这十年来，她陆续交了几位男朋友，但每当男生想要发生进一步的关系，她就想到当年母亲的毒打、初恋的离去、那种付出所有却被深深践踏的感受，让她在梦里时常听到母亲的那句：“贱！”

这样的她，即使在热恋期，也无法感受到真正的快乐，只是不断地证明“男人谈恋爱就是为了性”，所以每次的恋情，总在短短的时间内就无疾而终。

但令我较为担心的是，她只要在恋爱的过程中被男人碰到了身体，或被亲吻，就会产生很深的罪恶感，甚至无法与人分享这种爱情中的心事与心情。

于是，我问她为何让自己的心变得如此封闭，究竟在抵挡什么?

她再次说起当年的事件。她说，被母亲责打虽痛，却比不上永远无法与母亲分享爱情美好的痛。

想想，大家小时候是否都抢着要玩公园里的秋千，还有学校里的跷跷板、摇摇椅……虽然教育专家可能会说，这些游乐器材的摇晃感，能培养孩子统合的能力，增进大脑发展，但若我们仔细回想童年玩游戏的经验，就会发现原来我们在寻找的，都是和在子宫内的环境相同的感受。

所以，我们才那么喜欢被包覆在摇椅里头的安全感，那正像母亲挺着大肚子，缓步行走的稳定；我们也那么喜欢被轻轻地抚摸，那正像母亲第一次感到胎动时，摸着肚皮与我们互动的惊喜；我们那么喜欢有人在旁轻声细语，那正像母亲对着肚皮里头轻声地呼唤；我们那么喜欢在子宫里还不会言语时就被母体深深了解的安全感……

但当我们一脱离母体，脐带不再自动地供应所需，我们就只有靠自己去探索世界，靠自己去寻找那种被包覆的、温暖的安全感。

所以，我们总是那么渴望在无助的时候，有一双手给我们紧紧牵着；生气的时候，有人能轻轻拍着背给予安慰；犹豫的时候，有人能温柔地摸着头给予鼓励；难过的时候有个温暖的怀抱……这个人，常常是我们的母亲。

就像心理学家所说的，母亲是孩子第一个建立社交关系的对象，当孩子和母亲能产生正向的社会关系，就能把和母亲之间的关系复制到父亲、手足，以及其他的社会关系上。

但在这个女孩身上，过去与母亲的冲突际遇，让她在长大后虽然能与姐妹淘分享自己的恋情、分享和伴侣去过哪里，却始终找不到一个人，可以让她分享爱情中最深沉的秘密、分享想要接近的欲望、分享被拥抱的满足与快乐、分享拥抱不足时的失望、分享爱情中最纯粹的喜怒哀乐，甚至分享她充满悔恨的过去。

慢慢地，当年纪渐大，女孩从“不太分享”，变得“不会分享”。接下来呢？没什么好分享。这是多么可惜的一件事。因为这将让自己失去修复伤痛的机会、失去重拾信任关系的契机。

我忽然想起我的小女儿，从她会说话开始，我和她爸爸就觉得她像一台“会走路的收音机”。走到哪儿，讲到哪儿，除了睡觉之外，很少看她嘴巴合上过。

“妈妈，我今天……”

她每讲一次，我觉得她的神情就比前一次更显得愉快，而我总是在这个时候忍不住深拥她入怀，因为那急于和全世界分享喜悦的表情，真是太可爱了。

于是，我告诉这个女孩：“也许你真正需要的，是再次成为那个单纯享受的孩子，而不是承受十年前母亲对你的指控，如此苛刻地对待自己。”

因为，对所有的母亲而言，严格不堪的话语，只是为了阻止自己的孩子走上歧路。她们的表达或许有问题，但也许是因为，她们也是如此被教大的。

只不过，生气和指责的背后，我们接收到的，往往不是爱与关心。

07. 真正的相爱，不会从悲哀开始

没有一种爱情是从悲哀开始的。就是因为先尝过爱的美好，上了瘾后，就不顾一切地投入、不计较你是谁地无法放下。

在一个聚会上，一群女孩凑在一起讨论一个缺席的好友。

“我告诉她时间地点了，但她说没办法到。”讲话的女孩压低声音说:“好像是因为感情不顺，心情不好。”

“早告诉她不要当小三了，就是不听。”一个和缺席的女孩非常要好的朋友表情气愤地说。

“唉！”大家异口同声地叹了口气。叹气声里夹杂着复杂的情绪，不知道是为缺席的好友，还是为这段三人世界的爱情。

台湾的偶像剧《犀利人妻》演出了所有妻子的心声。在戏剧的最后，磨刀霍霍的小三成为讨论的焦点，刚好符合第三者在我们既有的想象中那贪婪、可恶、歇斯底里的模样。

我浏览过网络上一份不记名的统计，“爱上别人的男人”成了女性心目中最害怕的相遇，甚至比“婚后的相见恨晚”更不受欢迎，因为三人世界总有一人落空。现实里，三人恋情中的不同角色，来咨商室谈话的概率纷纷提升。大家都看到人妻之苦，很微妙的，因为我的工作关系，却让我看到许多小三的悲哀。

当然，没有一种爱情是从悲哀开始的。就是因为先尝过爱的美好，上了瘾后，就不顾一切地投入、不计较你是谁地无法放下。

在我的记忆中，一直有个令我很难忘的女孩，年纪大概三十岁出头，但她当了别人婚姻的第三者整整十二年——从她十六岁开始。她爱上的是她的中学老师，大她十二岁。一开始，她只是像其他同学一样，迷恋阳光般的老师，但中学毕业后，她把这种倾慕写在了卡片上，在某一年的教师节递到老师的手里。

直到她三十岁那年，和我说起这件事时，她都还想不起来这段恋情到底是怎么开始的，但她始终记得，那时候的他们爱得有多狂热……老师那时刚新婚一年多，但每天早上，总能避开老婆来接她上学，放学再接她下课，然后找个汽车旅馆度过夜晚，睡前再送她回家。

在她的描述里，我相信也许这个老师是真的爱她的，陪她上学、放学，叮嘱她的功课，陪她学习英文、考大学，开着车游山玩水，甚至为了她放弃和老婆之间的性关系。

就只有那么一次，也是令她年轻的爱情第一次蒙上阴影的一次。老师说，老婆主动，所以他们就那么一次，但老婆怀孕了。

她的世界因此崩溃。即使这个男人不能给她名分，她也始终在背后做个无声的情人，但听到另一个女人居然怀孕了，顿时所有美好的爱情都变成欺骗，她的世界变了样，没有人可以信任。

她痛哭、无法言语，她一个人走在街上淋雨，脑中无法思考。老师冲出来找她，紧紧地把她抱在怀里、唤着她的名字……她终于大叫："我要跟你分手。"

真的，听她说这一段的时候，我都还感受得到她在那雨中的痛苦。

男人做了和《犀利人妻》里的老公一样的选择——他决定回家和太太离婚，永远和她在一起。但又不同于电视剧里所演的，她被老师的决心深深感动，无法狠心结束这段恋情，却又阻止他回去伤害那孕中的老婆，决定就这样和他在一起。

傻子。我知道一定有很多人会说这句话。说到这里，女孩也骂自己傻子，眼泪不停地流。但令人心痛的是，我知道这眼泪不是因为痛苦而已，是因为无法割舍的爱。

这份心痛让我想到一个大学生，她的心里也有这种“小三的悲哀”。不同的是，她的妈妈才是人家的外遇，而她是第三者的女儿，所以从小跟着妈妈背负“小三”的称呼。也因此，她恨透了她的爸爸，也错过了爸爸的葬礼。

我和她谈过好几次她父母亲的故事，却不曾见她掉过一滴眼泪，即使眼眶里的情绪已藏不住，我都看到她努力隐藏的神情。

其实，若先放下心里的成见，你会发现，这种故事在我们周围发生的频率比想象中还高。这到底该说是女人太笨，还是男人太诈？或是我们的前世真的有太多剪不断、理还乱的因缘？

说真的，我心里没有答案。即使不同的人，或我们遇到了这样的爱情，都同样在寻找解答。

虽然如此，我很清楚地知道“长痛不如短痛”的道理是真的。

在心理学中有一个很有趣的实验。一个心理学家在无意间发现，家中养的狗看到牛肉会流口水；又在无意间发现，因为端出牛肉之前总会有钟响的声音，久而久之，这只狗居然不用看到牛肉，光听到钟响声就开始流口水。

这是心理学家巴甫洛夫知名的“古典制约”理论。这个理论有几个重点：

第一，当某件人、事、物引发你身体和心理的特定反应时，是因为你联想到某些曾经发生的经验。狗之所以听到钟响就会流口水，那是因为它已经把钟响和牛肉“连接”在一起。听到钟响，就想到牛肉，口水便自然流出来。

第二，这些反应是可以被削弱的，只要你尝试去破坏这个关联。比如说，当狗狗听到钟响就流口水，但你喂给狗狗的却是石头做的牛肉，就破坏了它原本的关联反应。（当然，我只是举例，站在保护动物的立场，请不要这么尝试。）

我在这里谈这个理论，当然不是要把人模拟到狗的身上，而是我们身为人脑容量比例较高的人类，更应该在所有事情一开始的时候，觉察

自己究竟想要在这个关系里得到什么。

如果你从小的心愿就是要一份长远稳定、长相厮守的关系，如果你从小的心愿就是不要在三人世界的爱情里过活，那么，就在你知道真相的时候，赶快抽身出来，因为“长痛不如短痛”。

牛肉的甜美，也许会让我们在吃到石头做的牛肉时痛不欲生，但相信我，当你不再对着那骗人的钟响发愁，你会发现自己的世界自由许多。

08. 缺角的幸福，也是一种幸福

相见恨晚的甜与痛，也许只是为了让人看见，内心不曾熄灭的渴望；但当所爱的人能了解这些内心的缺憾，不管多少个相见恨晚，总有能力微笑以对。

我有一位结婚十多年的女性朋友。在我认识她时，她问我："如果你的爱情发生在婚后，发生在不是另一半的人身上，你会选择跟随自己的心，还是选择回头去面对婚姻和家庭的责任？"

当年，我的朋友和她先生是通过媒妁之言成婚的。两人结婚之后，先生忠诚以待，很快成为她的依靠。两人生活恩爱，不但拥有一对优秀的儿女，夫妻亦彼此扶持、互相关怀。先生更为了弥补太太只有专科学历的缺憾，全力支持她重返大学，完成人生的梦想。

我朋友进修的第一天，就认识了坐在邻桌的同龄男子，那男的跟我朋友一样，满腹诗文的情怀。在开学自我介绍的那一天，两人都对彼此留下非常深刻的印象。那天，她回到家忍不住和先生分享，自己认识了这么个投缘的朋友。

开学第二周，上的是文学赏析。给朋友印象非常好的那个男人，被老师邀请朗诵了一段诗文,铿锵有力的声音,字字句句渗透到朋友的心里。

她说，生平第一次，在一个男人的身边，有如此心跳加速的感觉。

那天下课，同学们邀约吃晚餐。朋友特地打电话回家，请家人自行料理，接着赴这群同学的约会，之后又到居酒屋小酌。这是她在十多年的婚姻中不曾有过的生活。当晚，她和那个男同学一直坐在一起，几杯小酒下肚后，两人望着彼此的眼神，尽是藏不住的好感。

从那之后，朋友每逢上课就悉心打扮。每节课堂后的小憩，彼此无所不聊。这些谈话，让他们的心在不知不觉中愈靠愈近。

虽然双方都有家室，却仍挡不住这种“一见如故”的吸引。两人一度想断绝来往，但课堂上的近水楼台，却让心理的距离变得更加靠近。

面对还有数年才能毕业的梦想，面对如梦想中相交如知己的男子和现实中有情有义的先生，我这朋友真不知该如何是好。

我听到这个故事的时候不过二十五岁，但看到朋友深陷在追求爱情的炙热欲望与兼顾夫妻情义的责任中挣扎不已，深深感受到她心里产生的拉扯是多么的剧烈。

有一部老电影《相见恨晚》（“*Brief Encounter*”）。影片里已婚的女主角，只是世上众多的家庭主妇之一。她原本把婚姻当成生命中全部的世界，却在一个再平凡不过的偶然中，遇见了令她倾心不已的男子。

两人才相识不过四个星期，女主角对男子的爱意却已无法克制，既要压抑却又无可自拔。她说，对男子的心情是“好像已经了解你好长的一段时间，却不能自由地爱”。

这种“相见恨晚”的心情，既甜又痛，甜在尝到不同于婚姻的爱情，痛在不能光明正大地心动。带着这样的心情回到原本“幸福”的婚姻当中，女人经历的将是一种“无人能懂的缺角幸福”。

只是，很少有女人会承认自己的婚姻缺了这样的一角，承认其实还有心动与冲动的渴望。很少有女人在结婚生子之后，还会认真去面对自己心里不曾熄灭的需要。

虽然“嫁鸡随鸡，嫁狗随狗”的年代已逐渐远离，但在进入婚姻后，在面对疲累时，还是难免浮现“人生也许就这样过了”的消极想法。

就像许多年过三十的女人，都曾想念过年轻时的轻松与热情，想念幼年时期做过的白日梦，或偷偷想象：如果我不在这个婚姻里，我的生活会怎么样?

因此我认为，当在婚姻里面临这种相见恨晚的甜与痛，这无人能懂的缺角幸福，其实是在提醒婚姻中的人们，不但爱情中存有激情与平淡，人生中本就存在着因高潮起落所产生的喜怒哀乐，而我们不管在什么状况下，都要学习与另一半分享生命中总会出现的挫折、无奈，甚至是本就该存在的欲望。因为，即使是某些自以为可以忽略不理会的渴望，我们在内心深处仍然期待有人能理解。

当我们以为外在的协调就是幸福，却忽略了人生经验的累积时，就会改变婚姻关系中的两人，也会改变那份爱与被爱的感受。

平凡不一定是一种幸福，每个女人都渴望能用自己的方式，来找到自己的不平凡。然而，当女人难以和周围的人，特别是自己的亲密伴侣讨论这些难以启齿的需求时，就更容易被外在的风吹草动所吸引。

我曾经遇到过几个在外人看来已经什么都拥有的幸福之人，他们所谈的话题却是自己内在的空虚，感到人生没有意义，以及不知所措。他们不敢告诉别人，因为人家会说他们“身在福中不知福”，但那种感受又在某些时候，如潮水般真实地涌现。

于是，他们只能静待这种难熬的感受随时间逐渐退去，再独自在热闹的孤独中寻找答案。在这种时候，就正视自己心底深处的期盼吧！

别因为害怕现在幸福的关系会产生变化，就放弃和你信任的人交流这些人生的改变。即使觉得没有人能懂，也别放弃让那些所爱之人了解的努力。

不要等到“相见恨晚”的时刻，才让某个人去点燃以为可以忽略的渴望。当自己或伴侣有办法满足真正的自我，不管多少个“相见恨晚”，我们都有能力微笑以对。